Mariecat — Cat, the Traveler

마리캣 그림에세이

고양이 여행자

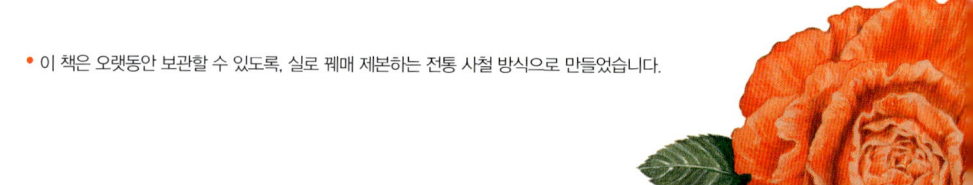

● 이 책은 오랫동안 보관할 수 있도록, 실로 꿰매 제본하는 전통 사철 방식으로 만들었습니다.

Mariecat —— Cat, the Traveler

마리캣 그림에세이

고양이 여행자

마리캣 글·그림

미디어샘

Contents

Prologue · 8

Pologue

1998년 겨울, 고양이를 데리러 나간 장소에는 약속한 사람이 외투 안에 불룩하게 무언가를 넣은 채 나와 있었다. 지퍼를 열고 품 안에서 꺼낸 것은 생각보다 큰 얼룩무늬 고양이였다. 어린 고양이를 기대하고 나간 나는 약간 당황했지만 고양이가 생겼다는 즐거움에 그 녀석을 잘 안고 집으로 돌아왔다. 고양이의 이름은 마리로 지었다.

고양이와의 첫날 밤, 그다지 예쁘지 않은 이 고양이가 온 방 안을 뛰어다니고 난리를 친다. 나는 겁에 질려 책상 위로 도망가 앉았다. 아무래도 고양이를 돌려보내야겠다는 생각에 전 주인에게 전화를 걸었지만, 그 사람은 전화를 받지 않았다. 마리는 그렇게 우리 집에 눌러앉았다. 나중에야 그것이 고양이들이 신이 나서 뛰는 '우다다'라는 것을 알았다.

그때 그 사람이 전화를 받았다면 어떻게 되었을까? 마리캣-마리는 그렇게 나에게 이름을 주었다. 그리고 13년이 흘렀다. 못생기고 알록달록한 어린 마리는 열네 살을 바라보는 할머니가 되었고, 막연히 그림 그리고 싶어하는 학생이었던 나는 작가로 살고 있다.

그림은 영감을 찾아 떠나는 마음의 여행이다. 그 긴 여행에 함께하는 내 작은 친구 마리, 그리고 동물 친구들. 나의 삶을 수많은 환상과 아름다운 색채들로 채워준 그들의 이야기를 여기에 풀어내본다.

마리캣–얼룩무늬 고양이 마리는 그렇게 나에게 이름을 주었다.

01

House Cat, Street Cat

길고양이 집고양이

초라함 속에 깃든 광채

늘 화려하고 빛나는 것들보다는 초라하고 연약한 것들이 순간순간 보여주는 반짝임이 더욱 애틋하고 사랑스럽다. 늘 빛나는 이의 광채보다는 고난의 벌판을 건너온 이의 작은 반짝임이 더 감동적이다. 비싼 가격표를 단 품종 고양이도 귀엽지만 볼품없는 먼지투성이의 작은 길고양이가 호기심과 우정이 담긴 눈빛을 조심스레 보낼 때 더 사랑스럽다.

신데렐라 이야기는 여성이 미모로 신분상승을 하는 이야기 같지만 사실 고통스러운 과정을 극복해 나가는 성장 이야기다. 오래된 이야기 속의 신데렐라들은 더럽고 초라한 모습 안에 눈부시게 빛나는 아름다움을 감추고 있다. 인내와 기지를 발휘해 모험을 겪고 나면 비로소 볼품없는 겉모습을 벗고 빛나는 모습으로 변모하는 것이다.

마법의 불꽃이 일렁이는 아궁이 앞
고양이의 변신처럼.

가족의 탄생

어미를 잃은 갓난 고양이를 데려오면, 젖이 나오는 암고양이들은 대부분 자기 새끼와 함께 품에 안고 젖을 물린다. 길고양이 중에서도 짝을 지어 다니는 고양 이들이 있다. 그들은 먹이를 발견하면 약한 녀석이 먼저 먹도록 배려해준다. 그 러다 한 녀석이 사고를 당하면 남은 녀석이 죽은 친구 곁에서 애끓게 울며 떠나 지 못한다.

여기저기서 구조되고 입양되어 한 집에 사는 그림 속 고양이들. 혈연 관계는 아 니지만 자연스럽게 가족을 이루고 사는 모습은 인상적이다. 모두 각자의 아픔 이 있는 녀석들이, 자연스럽게 흐르고 스며드는 물처럼 서로를 가족으로 받아 들인 것이다.

고마운 길고양이

한 살도 안 된 고양이가 출산을 하는 것은 그다지 좋은 일이 아니다. 그림 속 어미 고양이는 7개월이란 어린 나이에 수술로 힘겹게 출산을 했고, 태어난 아기 고양이들이 제대로 호흡을 못해 위험한 고비도 겪었다. 그다음 문제는 어미가 너무 어려 젖이 나오지 않는 것이었다. 태어나서 바로 젖을 먹지 못한 아기 고양이들은 배고파 빽빽 울며 잠을 이루지 못했다. 결국 젖동냥을 보내야 했다.

마침 TNR*을 위해 포획되었다가 출산을 하게 된 길고양이가 있어 아기 고양이들은 목숨을 건졌다. 신기한 일은, 야성이 강해 사람을 굉장히 경계하던 길고양이 어미가, 처음 보는 낯선 새끼 고양이들에게는 거리낌 없이 바로 젖을 물리고 돌봐준다는 것이다. 그 길고양이는 중성화수술 후 건강을 회복하고 본래 서식지에 방사되었다.

기꺼이 낯선 새끼들을 돌봐준 길고양이야, 정말 고마웠어.

---

* TNR 길고양이나 유기고양이를 잡아 중성화수술을 한 뒤, 방사하는 것.

Mariecat

마리캣

마리의 풀네임은 '마리옹춘'이다.

고양이를 키우는 친구들 사이에서도 까칠하고 독한 캐릭
터로 통한다. 어딘가 옹졸해 보이는 입 주위의 얼룩무늬가
트레이드 마크다. 그 옹졸해 보이는 인상 때문에 따라붙은
별명 '옹춘'이 이제 이름이나 다름없다.

잠들어 있을 때조차 순해 보이지 않는 게 참 우습다.

마치 꽁해서 잠든 할머니 같다.

귀가 뒤집어진 고양이

처음 마리를 데려왔던 1998년 무렵만 해도 지금처럼 고양이를 키우는 사람이 많지 않았다. 털이 긴 고양이만 봐도 신기해하던 시절이다. 2000년대 들어서 고양이를 키우는 사람이 늘어나고, 점차 국내에도 캐터리들이 생겨나면서 다양한 종의 고양이들이 들어왔다. 그 무렵 제일 신기했던 고양이가 바로 귀가 발랑 뒤집어진 '아메리칸 컬'이었다. 고양이의 상징인 '뾰족한 귀'를 포기했지만 너무나 독특한 매력이 있다! 어딘가 재미있는 발상의 전환이 아닌가?

Mariecat — Cat, the Traveler

아메리칸 컬 말고도 뾰족한 귀를 포기한 고양이는 또 있다.
귀가 뒤로 뒤집어지지 않고 앞으로 납작 누운 '스코티시 폴드'다. 그 외에도 다리가 보통 고양이의 반 정도로 짧달막한 '먼치킨'이나 '나폴레옹캣', 털 없는 고양이 '스핑크스', 아프리카 야생살쾡이와 집고양이를 교배해서 만들어진 세계에서 가장 큰 고양이 '사바나캣' 등 독특하고 신기한 고양이들은 정말 많다.

다정한 자매

혈연 관계가 아니어도 고양이들은 한 집에 살면 금세 가족이 된다. 모든 고양이
가 다 그런 것은 아니지만 대개 함께 뒹굴다 서로 핥아주고, 서로를 베개 삼아
잠들면서 가족이 되어간다. 창가에 앉아 산들바람을 즐기는 두 고양이를 보면,
예쁜 방에서 비밀 얘기를 나누는 다정한 자매의 모습이 떠오른다.

신화 속 고양이

이름 그대로 노르웨이의 추운 숲이 원산지인 노르웨이 숲고양이는 이름만큼이
나 외모도 시원시원하고 화려하다. 북유럽 신화 속 미의 여신인 프레이야는 두
마리 고양이가 끄는 전차를 타고 하늘을 날아다녔다고 한다. 그 두 마리 고양이
가 꼭 노르웨이 숲고양이처럼 생기지 않았을까.

인간은 고대부터 자연 속에서 함께 살아온 동식물들을 주인공으로 신화를 채
워왔다. 눈으로 뒤덮인 숲을 누비는 야생의 숲고양이를 보며, 그곳 사람들은
차디찬 북유럽의 밤하늘을 씩씩하게 달리는 신화 속 고양이의 모습을 떠올렸
을지도 모르겠다.

House Cat, Street Cat

묘한 동물

노마는 2003년에 데려온 길고양이 삼남매 중 하나다.

낙천적인 성격의 고양이다.

저녁 무렵 창가에서 부르면 강아지처럼 달려오는 순한 녀석.

그런데 사냥이나 영역 다툼을 할 때는 야수로 돌변한다.

노마는 순한 집고양이의 모습과

맹렬한 야생동물의 모습을 모두 가진 녀석이다.

생각해보면 이것이 고양이의 본질인지도 모르겠다.

고양이는 결코 완전히 가축화되지 않으니까.

야생과 길들여짐 사이를 아슬아슬하게 줄타기하는 묘한 동물,

고양이.

귀여운 돌연변이

귀가 앞으로 납작 누워 찐빵같이 동그란 얼굴을 한 스코티시 폴드는, 얼핏 보면 통통한 강아지 같다. 꼬리와 다리도 유난히 두툼하고 복슬복슬해서 곰인형 같기도 하다. 이런 특이한 종들은 주로 우연히 탄생한다. 이들을 하나의 품종으로 만들어내는 것은 인공적인 과정이라서, 이렇게 탄생한 종들은 자연 번식하는 종들보다 다소 허약한 측면이 있기도 하다.

어쨌든 이 변종들이 이전에는 볼 수 없던 독특한 개성을 보여주는 것만은 사실이다. 인간 사회에서도 종종 통념을 뒤집는 이단아들이 나타나 사회에 새로운 흐름을 만들어내는 경우가 있는 것처럼 말이다.

Mariecat

이집트의 여왕

아비시니안 고양이는 고대 이집트의 왕실에서 기르던 고양이라는 이야기가 있다. 실제로 이집트인들은 고양이를 신성시해서 고양이가 죽으면 미라로 만들어 정중히 장례를 지낼 정도였다. 그래서 비슷한 모습이 이집트 벽화나 유물에 등장하기도 하는데 정확한 기원을 추정할 수는 없다.

그러나 아비시니안 고양이의 우아한 몸매와 진한 아이라인은 무언가 고대 이집트를 연상시키는 신비한 매력이 있다. 그래선지 아비시니안 고양이를 보면 나는 고대 이집트 여왕이 떠오른다. 여왕의 영혼이 고양이가 되어 자신의 피라미드를 지키는 것이 아닐까 하고.

어슴푸레한 피라미드 안,

자신이 그려진 벽화 앞에 서서 지난 삶을 되돌아보는 여왕의 영혼—

사막의 모래 빛깔을 닮은 황갈색의 아름다운 고양이가 되어

이 세계로 되돌아온 것은 아닐까?

이렇게 고양이들의 외모에는 그들의 머나먼 과거(전생이라고도 부를 수 있을까?)를 상상하게 하는 독특한 개성이 있다. 갓 태어난 아비시니안 고양이의 새끼들을 보면 묻고 싶다.

"너희는 얼마나 많은 생을 거쳐 지금의 모습으로 태어난 거니? 먼 옛날 사막의 풍경이 기억나니?"

하지만 꼬물거리는 새끼 고양이들은 그저 순진한 아이 같은 동물일 뿐이다. 배가 고프다고 떼쓰고, 양껏 젖을 먹으면 배가 빵빵해져서는 세상 모르고 잠들 뿐이다. 화려한 고대 여왕의 기억은 너무 오래되어 잊은 것일까?

숏헤어의 귀족

'러시안 블루'라는 고양이 이름을 처음 들었을 때, 정말 푸른빛이 나는 고양이가 있나? 하고 신기해했다. 나중에야 알았지만 고양이 색깔에 '블루'라는 말을 쓰는 건, 대부분 실제 청색이 아니고 난색 계열에서 벗어난 무채색을 가리킨다. 이름처럼 파랗지는 않지만 러시안 블루는 매력적인 고양이다. 날씬하고 우아한 몸매와 은빛이 감도는 고상한 회색털, 맑고 푸른 눈동자 때문에 '숏헤어의 귀족'으로 불린다. 참으로 어울리는 별명이다.

사막의 모래빛을 닮은 황갈색 아비시니안이 신비로운 고대 이집트의 전설 속
주인공 같은 느낌이라면, 역삼각형 얼굴과 커다린 귀, 날렵한 몸매의 러시안
블루는 은회색 빛 모피를 걸친 추운 나라의 귀족 같다고 하면 좋을까?

동물의 마음

누군가는 동물에게 무슨 표정이 있느냐고 묻지만
동물의 표정만큼 다채롭고 풍부한 게 또 있을까?
표현 방식이 다를 뿐 사람이나 동물이나 마음의 바탕은 같다.
그래서 공감이 되는 것인지도 모르겠다.
사람이 동물에게 친근감을 느끼는 이유는
자기 감정을 동물의 표정이나 행동에 투사하기 때문은 아닐까.

House Cat, Street Cat

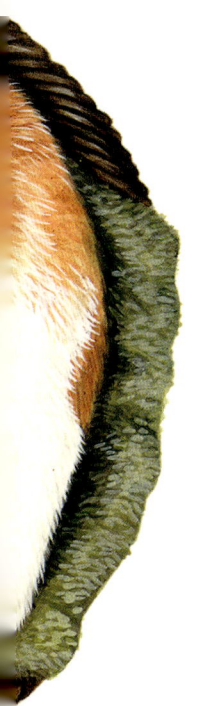

고양이를 찾아라

고양이는 바구니를 사랑한다.
포근하고 아늑한 공간이라면 모두 고양이의 차지다.
그래서일까? 고양이는 가끔 집 안에서도 실종된다.
흔적 없이 사라진 고양이를 찾아, 온 집 안을 뒤지고 나서야
택배상자나 옷장 서랍, 빨래바구니 같은 곳에서
유유히 기어나온다.

요 얄미운 녀석들!

새침떼기

소심한 고양이 토토는 전형적인 토종 암고양이다.

알록달록한 삼색 털에, 앙증맞게 신은 하얀 발가락 양말

동글납작한 얼굴과 조용하고 애교 있는 성격까지.

꼼꼼하고 야무진 몸단장하며,

언제나 작은 두 발을 가지런히 모으고 앉은

새초롬한 모습이 꼭 새색시 같다.

예쁜 족두리를 씌워주니 조금 기분이 좋아 보인다.

보리 이야기

지난 겨울, 동네 아이들이 새끼 고양이를 청테이프로 꽁꽁 묶어 발로 걷어차고 눈에 처박으며 괴롭히는 것을 누군가 구조하여 보호소로 보냈다는 얘기를 들었다. 나는 그 길로 보호소로 가서 보리를 데려왔다. 테이프에 감긴 자국과 뜯긴 상처, 그리고 지독한 감기에 걸린 채 보리는 우리 집으로 왔다. 학대의 후유증으로 무척 사나웠고 경계심이 가득했다.

보리는 안정이 되어가는가 싶더니 심한 호흡기질환과 빈혈, 소화장애로 사경을 헤매기 시작했다. 폭설을 뚫고 서울의 병원과 대관령 집을 오가며 간병을 했다. 죽을 만큼의 학대를 겪고 살아난 보리가 조금의 따뜻함도 경험하지 못한 채 눈을 감는 것은 아닐까 하는 걱정이 나를 괴롭혔다.

많은 이들의 걱정과 기도가 통한 것일까. 힘겹게 병과 싸우던 보리는 생명의 끈을 놓지 않았다. 아기 때 눈치 없고 발랄했던 보리는 이제 꽤 자라서 노마를 따라다니며 귀찮게 굴고 있다. 무서운 것이 없는 아저씨 고양이 노마는 이상하게도 동생 보리에게만큼은 꼼짝 못하고 도망을 다닌다.

많은 눈물과 기쁨을 준 작은 보리…. 내 곁에서 오래오래 행복하길.

2011. 6. 4. mariecat.

마음만은 함께

반짝이는 까만 털에 목과 배는 흰 털을 가진 깜돌이는 지금 높은 구름 위에 있다. 황제펭귄 같기도 하고 멋진 턱시도를 차려 입은 것도 같다. 배에는 하얀 털이 많아서 턱시도 단추를 제대로 못 채웠다고 놀리기도 했지만 깜돌이는 언제나 즐거움이었다. 7년 남짓 많은 추억을 남기고 깜돌이는 하늘로 떠났다.

깜돌이가 말을 할 수 있었다면 '그동안 즐거웠고 정말로 고마웠어'라고 했을까.

맛있는 음식과 따뜻한 이불, 정말로 고마웠다고.

단 한 마디라도 들을 수 있다면 얼마나 좋을까.

마음과 마음이 통한다는 것을 느낀다면 얼마나 행복할까.

구름 위 어딘가에서 소식을 전해줄 것만 같다.

02

Naughty but Friendly

다정한 장난꾸러기

고양이의 우정

고양이의 다정함은 감동적이다. 곁을 주지 않던 새초롬한 녀석이 조심스레 다가와 호기심 어린 눈빛으로 바라보거나, 말랑말랑한 발로 톡톡 건드리며 장난을 걸어올 때의 느낌은 특별하다. 요란한 애정 표현은 아니지만, 그 조용한 대화 신청은 매우 다정하게 느껴진다. 완전히 마음을 준 사람에게는 품에 포근히 안겨 잠을 청한다. 그럴 때면 이 말랑말랑하고 따뜻한 녀석은 구르륵 소리를 멈출 줄을 모른다.

고양이들끼리도 마찬가지다. 친구가 된 고양이들이 애정을 나누는 제일 좋은 방법은 '그루밍'이다. 고양이들이 따뜻한 창가에 모여 앉아 두 눈을 꼬옥 감은 채로 서로를 핥아주는 모습을 보면, 행복이 햇살에 따끈하게 익어가는 것 같다.

고양이는 냉정한 동물일까?

누구에게도 의존하지 않으려는 모습이 때로는 무정하게 보이기도 한다. 천천히 마음을 열어보자. 새초롬한 눈빛 뒤에 숨은 봄 햇살 같은 다정함은 고양이가 주는 선물이다.

당신을 믿어요

고양이가 배를 보이고 발랑 눕는 것은

당신을 믿는다는 뜻이다.

아예 그렇게 누워 잠든다면

그건 당신을 완전히 믿고 받아들였다는 의미다.

발랑 누워 눈을 꼬옥 감고 잠든 고양이를 보면

'얼른 안아줘!'라고 말하는 것만 같다.

하룻고양이

장난꾸러기 어린 고양이에게는
자신감이 가득하다.
불꽃이 이는 듯한 동그란 눈으로
세상을 호령할 기세다.
지금 이 순간만은 호랑이가 부럽지 않다!

내 눈을 바라봐

고양이가 앙큼하다고 느껴진다면,

그때는 사람이 자기를 예뻐한다는 것을 너무 잘 알고 행동할 때다.

고양이는 원하는 것을 얻기 위해 가끔은

망부석처럼 가만히 앉아 동그란 눈으로 하염없이 사람을 올려다본다.

기대에 가득 찬 눈빛으로 맛있는 음식이 먹고 싶다고…

그러다 풀 죽은 듯 빈 밥그릇을 몇 번 할짝거리면 굴복하지 않을 수가 없다.

여우 같은 이 녀석이 얄밉다가도 귀여울 수밖에.

작은 배려

가만히 지켜보는 것만으로 마음이 통한다고 느낄 때가 있다.

밤에 조용히 그림을 그릴 때면 고양이들은 어느새 내 주위로 와 자리를 잡는다.

장난꾸러기 고양이들이지만 그때는 나를 방해해서는 안 된다는 것을 잘 안다.

그래서 말갛고 동그란 눈을 깜빡이며 그림처럼 가만 앉아 있곤 한다.

그런 배려는 어쩐지 귀엽고 고맙다.

고양이가 간다!

고양이의 말썽은 주로 '먹이'와 '놀이'를 두고 벌어진다.

맛있는 먹이와 재미있는 장난감을 찾아 고양이는 집 안 어디든지 간다.

고양이에게 손가락이 없는 것이 얼마나 다행인지.

벌떡 두 발로 일어서서 문손잡이를 열고, 살살 긁어가며 서랍을 열거나

때로는 콘센트를 뽑는 이런 녀석에게 손가락까지 주어졌다면?

생각만해도 아찔하다.

고양이는 에너자이저

혈기왕성한 어린 고양이라면 두루마리 휴지 하나쯤은 암팡지게 붙들고 순식간에 뜯어버린다. 베개를 터뜨려 사방을 깃털 천지로 만드는 어린애 같다.

그렇다고 고양이가 늘 휴지를 쓸모 없이 낭비하는 것은 아니다. 똑똑한 고양이는 휴지 활용법을 보고 배우기도 한다. 마리가 우리 집에 온 지 얼마 안 되어 욕실 바닥에 실례를 한 적이 있다. 욕실에 들어간 마리가 나오지 않고 계속 부스럭거리는 소리만 들려 문을 열어보았다. 그러자 마리가 벌떡 일어선 채 앞발로 두루마리 휴지를 잔뜩 풀어서는 실례한 바닥을 꾹꾹 눌러 덮고 있는 것이 아닌가. 고양이 앞에서는 찬 물도 못 마신다!

시험에 들다

고양이는 항상 새로운 맛을 노린다.

바삭바삭한 생선구이 냄새, 짭쪼름한 가쓰오부시향….

그러나 사실 고양이에게 사람 음식을 주는 것은 좋지 않다. 염분과 당분, 지방이 많이 함유된 사람 음식은 고양이의 비뇨기에 해롭기 때문이다. 특히 사냥을 통해 생식을 하지 않고 건사료를 먹는 고양이들은 자연 상태에서보다 수분 섭취가 절대적으로 적기 때문에 간이 된 음식을 먹여서는 안 된다.

치킨이나 오징어, 혹은 먹다 남은 고등어 토막으로 고양이를 시험에 들게 하지말자.

조상의 뜻을 받들어

조선시대 화가 변상벽은 유난히 고양이를 잘 그려서 '변고양'이라는 별명이 있었다. 그의 대표작 〈묘작도〉에는 까치를 잡으러 나선 고양이 모습이 익살스럽게 묘사되어 있다. 한 녀석이 기껏 나무에 올라 까치를 노렸지만 허탕을 친다. 나무에 어정쩡하게 매달려 친구를 내려다보는 표정에 흥분과 아쉬움이 교차한다. 옛날 어느 한가한 오후, 툇마루에 앉아 햇살을 즐기던 변상벽에게, 새를 쫓아 부산을 떠는 고양이들이 무척이나 정답고 재미나게 느껴졌을 것이다.

조상의 뜻을 받들기라도 하려는 듯 지금의 고양이들도 열심이다. 작은 날벌레라도 마루에 앉으면, 궁둥이를 씰룩거리며 잔뜩 노리다가 홱 뛰어나가는 것이 꼭 닮았다. 우리 집 고양이 한 마리도 대관령으로 이사온 후 뛰어난 사냥꾼이 되었다. 생쥐를 노리며 쥐굴 앞에 잠복할 때, 씰룩거리는 궁둥이와 그 진지한 얼굴을 보면 웃지 않을 수 없다. 〈묘작도〉 속 고양이들이 보면 훌륭한 후손이라며 자랑스러워할지도 모르겠다.

마징가

흥분하며 뛰놀던 고양이가 갑자기 심각한 표정으로 귀를 납작 눕힐 때가 있다. 처음 그 모습을 본 사람은 '대체 이게 뭐지?' 하며 당황해한다. 애묘인들이 '마징가 귀'라고 부르는 이것은, 고양이가 놀다가 극도로 흥분했을 때 보이는 행동이다. 또는 공포와 분노, 낯선 것에 대한 거리낌을 표현할 때 귀를 눕힌다. 고양이의 심각한 기분과는 달리, 귀가 없어져 민둥민둥해 보이는 녀석의 머리를 보면 사실 좀 우스꽝스럽다. '우리 고양이가 대머리가 되었네?' 하는 생각이 들기 때문이다.

마음껏 응석을 피우며 지내던 외동 고양이에게, 갑자기 조그만 고양이 동생이 새로 생겼을 때의 반응을 잘 보라. 잔뜩 못마땅한 표정으로 킁킁 꼬마의 냄새를 맡아보다가, 꼬마가 살그머니 다가오기라도 하면 하악! 하며 앞발을 치켜드는 녀석.

귀가 납죽 누운 민둥민둥한 머리가 어찌나 우스운지!

무동물이 상팔자

고양이의 말썽에 약이 올랐을 때, 나름 복수의 방법이 있다.

한참 말썽에 집중한 고양이가 눈치채지 못하게 살금살금 다가가서, 발을 쿵! 하고 구르는 것이다. 갑작스러운 큰 소리에 혼비백산한 고양이는 꼬리가 빠지게 내뺀다. 현행범으로 들통났으니, 빼꼼히 구석으로 가 눈치를 보기는 한다.

문제는 재범의 확률이 높다는 것. 하지만 잘근잘근 씹어댈 끈이나 두루마리 휴지 말고도 고양이에게는 유혹이 많다. 새로 그린 그림의 한 귀퉁이에 뚫린 이빨 자국이나 새로 산 가방에 시원하게 그어진 발톱 자국을 보며, 더욱 강력한 처벌을 하리라 다짐만 할 뿐이다.

누군가 말했다. 무동물이 상팔자라고.

쿨하지 못한 녀석

고양이는 쿨한 척하지만 사실 항상 관심을 받고 싶어한다. 제 놀이에 빠져 있을 때는 같이 놀자는 손길을 매정하게 뿌리치지만, 내가 일에 몰두해 자기를 쳐다보지 않으면 소리 없이 다가와 나를 빤히 바라본다. 한편으로는 얄미워서 일부러 모른 척하면 급기야 고양이는 한참 일하는 책상 위로 사뿐히 올라와, 뚫어져라 눈빛을 쏘거나 시위하듯 눈앞에 뒷모습을 들이댄다. 귀를 뒤로 쫑긋 세워 못마땅한 티를 내는 것이다.

차라리 솔직하게 놀자고 말하지…

책상 한가운데 떡하니 자리잡고 앉은 고양이는 다가가면 물러서고 멀어지면 다가오는, 진정한 '밀당'의 달인이다.

이유있는 자신감?

고양이는 사람의 감정에 민감하게 반응하는 동
물이다. 그래서 자신에 대한 사람의 애정을 확
인하면 고양이의 행동에는 여유가 넘친다. 가
끔 말썽을 피우다 혼이 나도 잠시뿐, 고양이는
금세 느긋해진다. 가만히 앉아 새초롬한 눈빛
으로 나를 바라보며 꼭 이렇게 말하는 것 같다.
"내가 너무 예뻐서 화 못 내겠지?"
요 녀석,
그 자신감의 근거는 대체 무엇이냐!

mariecat. 2006. 6. 6

평화로운 동거를 위해

고양이의 넘치는 사냥 본능을 누가 말릴까? 파리 한 마리만 날아도 고양이는 작은 사냥감을 낚아채려 맹렬히 뛴다. 목표물을 향해 휘두르는 두 발은 어찌나 야무진지, 그 표정은 또 어찌나 진지한지 호랑이가 부럽지 않다.

그러니 평화로운 동거를 위해 고양이의 사냥 본능을 적당히 충족시켜줄 필요가 있다. 키친 타올을 몽땅 풀어헤치거나, 새로 산 책 모서리를 잘근잘근 씹으며 고양이가 나름의 스트레스 해소법을 찾는다면 곤란할 테니 말이다. 이따금 새 깃털이나 가벼운 장난감이 달린 고양이용 낚싯대를 흔들어주는 것으로 충분하다. 그때마다 꼭 움켜쥔 두 발과 결의에 찬 고양이의 표정을 볼 수 있을 것이다.

사실 고양이는 호랑이, 사자로 대표되는 맹수 왕국의 막내가 아닌가?

예쁘장한 집 고양이가
야생의 사냥꾼으로 돌변한다고 너무 놀라지 말기를.

무슨 일 있나요

고양이의 개과천선은 과연 불가능한 것일까?

어느 순간 현장을 들키고도 "무슨 일 있었어?" 하는 눈빛의 고양이를 발견하게 될지 모른다. 게다가 고양이는 학습하는 동물이다. 한 마리의 말썽은 다른 녀석의 교과서다. 한 마리가 뜯던 소파를 두 마리가 뜯고 세 마리가 뜯는다. 결국 새 가구를 집에 들이지 않는 편이 낫다. 깨끗이 손질한 옷을 고양이 손이 닿는 서랍에서 피신시키는 것은 말할 것도 없다.

검정 울스웨터가 회색의 앙고라 스웨터로 변하는 것은 순간이니까.

선물

반짝이는 금빛 포장지 속엔 무엇이 들었을까?

두근거리는 마음으로 받아든 예쁜 선물!

그런데…

아니, 이 녀석은 대체 뭐람?

나를 낙담하게 하는 건 고양이의 말썽만은 아니다. '짠~!' 하고 새로 나온 고양이 간식을 내밀 때, 시큰둥한 표정으로 킁킁 몇번 냄새를 맡다가 홱 뒤돌아 사라지는 쌀쌀맞은 뒷모습. '한번만 먹어봐~' 하고 아무리 내밀어도 관심은 커녕 그 심통맞은 표정이라니.

Mariecat — Cat, the Traveler

우아한 고양이

고양이를 키우기 전에는 우아하고 사랑스러운 모습에 끌린다. 어쩐지 새침한 것이 귀족적으로 보이기도 한다. 특히 애완동물로 개와 고양이를 놓고 고민하다가, 아무래도 덜 부산스러운 쪽을 선호하는 사람들은 고양이를 택한다. 고양이를 데려온 후엔 역시나 귀여운 모습과 재롱에 홀딱 빠지는데, 곧 고양이의 '깨는' 모습을 보면 생각이 바뀐다.

파리를 쫓아 펄쩍펄쩍 뛰어대고, 미친듯이 온 집 안을 질주한다. 그것뿐인가, 다리를 쩍 벌리고 벌렁 누워 자는 모습이나, 간식을 향한 집념과 떼쓰기를 보면 '우아하고 귀족적인 고양이'에 대한 환상은 조금씩 깨진다.

예쁜 보석 목걸이를 걸고 앉아만 있어준다면 누가 뭐래도 "역시 고양이는 우아해!"라고 말하겠지만, 사실 반려인들은 알고 있다.

우아한 고양이가 우아하지만은 않다는 것을.

그 속에는 에너지 넘치는 말썽꾼도 살고 있기 때문이다.

03

Cat Land Fantasy

환상의 고양이 나라

모험 이야기

대관령 생활은 내게도 보리에게도 모험의 나날이다. 숲 속 탐험을 즐기는 내게
이곳의 여름은 산딸기를 찾는 계절이기도 하다. 매일 넘어지고 다치고, 길을 잃
고 헤매다 벌에 쫓겨 혼비백산하며 달아나기도 했다. 그렇게 모은 산딸기는 정
성껏 설탕에 재워져 찬장 속 유리병에서 익어가고 있다. 설탕에 달콤하게 맛이
들어가는 산딸기와 함께 나의 모험의 기억도 잘 익어 그림으로 열매를 맺었다.
그 모험의 풍경 속에 고양이 보리를 넣어주고 싶었다.

실은 보리를 잃어버린 적이 있다. 사방이 수풀로 빽빽한 산이라서 사람이 들어
가 찾기란 불가능했다. 보리의 흔적조차 찾지 못해 거의 포기할 무렵, 나는 산
신령께 기도를 했다. 산신령이 보리를 숲의 아이로 키우고 싶을지 모르지만, 내
가 키우도록 돌려보내 달라고 간절히 빌었다. 그리고 내가 산으로 데려가 묻어
준 죽은 고라니와 새의 영혼에게도 기도했다. 숲 속 동물들이 보리를 해치지 않
게 해달라고.

96

나의 간절한 마음이 하늘에 가 닿은 것일까?

다음 날 나는 어느 폐목 더미에서 며칠 만에 보리를 찾을 수 있었다. 보리는 크게 다치거나 다른 동물에게 해를 당하지 않은 건강한 모습이었다. 그림 속 호랑이 산신이 웃으며 보리의 모험을 지켜보듯, 산신령이 철부지 보리를 지켜준 것이라고 믿게 되었다. 보리가 무사히 돌아온 후 나는, 보리를 찾은 장소로 가 막걸리 한 잔을 올리고 산신령께 고맙다고 인사했다. 가끔은 보리에게 그 모험이 어땠는지 물어보고 싶다. 다시는 그런 위험한 모험은 하지 않겠지만, 내가 딸기를 찾아 숲을 헤매던 두근거림처럼 보리에게도 즐겁고 두근거리는 나날들이 계속되길 바란다.

카야 가족

여러 종이 혼혈된 고양이 중에는 독
특하고 아름다운 고양이가 많다.
한국 토종 고양이와 버만, 샴, 페르
시안 등이 섞인 고양이 카야는 그런
독특한 매력이 있다.
모두 화려한 꽃다발을 들고 모인 것
을 보니 가족 사진이라도 찍는 날인
가 보다.

Mariecat —— Cat, the Traveler

만능 고양이 집사

유난히 자기 보금자리에 애착이 많은 고양이들은, 예쁜 집에서 아기자기하게 살림을 하며 살 것 같다. 그런 솜씨 좋은 만능 고양이 집사가 우리 집에 있다면 얼마나 좋을까. 말랑말랑한 발로 열심히 파이를 구워주지 않을까? 하지만 우리 집 고양이들은 사과 파이는커녕, 포대에 누워 실컷 잠만 자는 귀여운 게으름뱅이들이다.

자신만만 철부지 왕

'집 안의 가장 좋은 곳은 고양이의 차지다.'
고양이 키우는 사람들이라면 절대 공감하는 말이다. 엄마가 빨래를 마루에서
개고 있으면, 그 위에 냉큼 올라가 자리를 잡고 앉는다. 그러고는 만족한 듯 눈
을 꿈뻑거리다 잠이 든다. 그 모습이 얄밉기도 하고, 뻔뻔스러울 정도로 당당한
표정에 웃음이 나온다. 고양이는 언제나 집 안의 왕이다. 설사 호랑이와 사자가
있더라도 아랑곳하지 않고 옥좌에 올라앉아 자신만만하게 웃고 있는 철부지 왕
이다.

여행

여행지의 카페에서 잠시 피곤한 다리를 쉬며 즐기는 커피는 특별한 추억이다.
유럽의 어느 골목 귀퉁이 카페에 앉아 커피와 케이크를 먹는 낭만을 꿈꾸지 않
는 사람이 있을까? 바닷가 카페에 앉아 피아노 연주를 들으며 즐기는 카푸치
노, 낯선 골목과 거리를 헤매다 빠니니 하나로 허기를 달래며 마시는 카페라테,
근사한 전시를 보고 나서 미술관 앞 카페에서 마시는 아메리카노.

Cat Land Fantasy

추억은 늘 커피 향기와 함께 아스라히 떠오른다.
특별했던 기억과 함께.

Cat Land Fantasy

시장 풍경

나는 가끔 고양이 나라를 떠올리곤
한다. 그럴 때면 늘 활기차게 움직이
는 시장 속 고양이들이 먼저 생각난
다. 열심히 물건을 들고 손님을 부
르고, 이웃 고양이들끼리 인사를 나
누는 활기찬 모습을 상상하면, 마치
내가 어느 나라의 시장 골목을 거니
는 기분이 들어 행복하다.

고양이 베이커리

아기자기한 고양이들의 마을에
꼭 있어야 하는 장소는 바로 빵집!

싱싱한 생선살과 저염 멸치로 속을 채운 크로켓, 보드라운 호밀과 보리순을 듬뿍 넣은 캣그라스 샌드위치, 캣닙 가루를 넣어 동글동글 모양을 만든 후 바삭하게 구운 베이글……, 고양이들은 입맛에 맞는 빵을 사기 위해 가게로 모여든다. 문을 열고 들어서면 귀여운 아르바이트생 까만 고양이가 활짝 웃으며 반갑게 인사를 건넬 것만 같다.

너무 바빠요

고양이 마을에도 명절에는 역시 떡집이 대목.
추석을 맞은 고양이 떡방은 눈코 뜰 새 없이
바쁘다. 겨우 한숨 돌리려는데 또 들이닥친
손님. 정신이 없어 마른 침만 꼴딱 삼키는 주
인은 아랑곳없이, 철부지 점원들은 진열장 곁
에서 부산만 떨고 있다. 떡 쪄내느라 종일 고
생인 주방 고양이는 두 녀석이 못마땅해 화가
난 모양이다.

너무 뜨거워

찜통 속의 지구, 너무나 뜨거워.
뚜껑을 열면 땀방울이 송글송글.

감자 캐는 날

우리 동네에서 나오는 씨감자는 전국에 공급된다. 감자 왕국의 수도인 셈이다. 이곳에서 감자가 어떻게 자라나는지 처음 보게 되었다. 싹이 트고 연보라색이나 흰색 꽃이 피고, 줄기가 시들어갈 때쯤 되면 집집마다 수확을 준비한다. 나도 일손이 부족한 이웃집에서 열심히 수확을 도왔다. 호미로 포슬포슬한 흙을 파헤치면 토실한 감자가 줄줄이 나오는 것이 신기했다. 흙부스러기 요정들이 봄부터 감자를 감싸안고 키워냈구나 하고 감탄하곤 했다. 이렇게 흙 이불을 잘 덮고 자란 감자는 겨우내 마을 사람들의 중요한 식량이 된다.

무거운 감자 포대를 낑낑대며 옮기던 일, 힘들 때마다 마시던 막걸리, 잡초를 뽑다가 생전 처음 만난 두꺼비, 산비탈까지 놀러온 강아지를 잡기 위해 온 밭을 뛰어다니던 일 등, 감자밭에서의 일들은 즐거운 추억으로 남아 있다.

매일매일 재미있는 일이 펼쳐지는 즐거운 산골 생활!

2011.11.12. mariecat

붉은 성의 도시

아기자기한 고양이 마을을 지나 마음의 여행은 커다란 도시에 이른다. 붉은 성벽과 건물들로 이루어진 고양이들의 도시. 새들의 활기찬 날갯짓 소리가 하늘에 울려 퍼지고, 건물마다 행복한 동물들이 살고 있다. 배고픔을 달래려 쓰레기를 뒤지다 인기척에 놀라 도망갈 필요도 없고, 동물을 학대하고 아픔을 주는 이도 없는 곳. 비록 그림 속이지만 그런 평화로운 곳에 동물들의 모습을 넣어주고 싶다.

고양이 광장에서

붉은 건물들이 가득한 고양이 도시의 광장 한복판에는, 날개 달
린 커다란 고양이 동상이 늠름하게 앉아 도시를 내려다보고 있
다. 옹기종기 모여 앉아 봄꽃 향기와 따뜻한 햇살을 즐길 수 있
는 그곳. 고양이 광장의 평화로운 오후 풍경이다.

축제

축제의 아침이 밝았다.
온 도시에 꽃잎들이 흩뿌려지고
거대한 날갯짓 소리가 들린다.
붉은 탑의 종 소리로 가득 찬 하늘.
꿈속의 풍경일까
간절한 소망일까?

2009. 11. 29. Mariecat.

바닷가 도시

꿈꾼다, 아름다운 붉은 성의 도시를.
작은 생명들에게 아픔이 없는 그곳을.

04

Kids on Earth

지구의 아이들

지구의 아이들

심리학자 융은 젊은 시절 생리학 수업을 피해 다녔다. 해부 시간이 싫어 수업을 빼먹고 도망 다녔고, 시험 성적도 엉망이었다. 동물도 인간과 마찬가지로 따뜻한 피가 흐르고 비슷한 영혼을 가진 동족이라는 생각에 동물의 몸을 마구 째고 분해하는 실습이 그에게는 무척 껄끄러웠던 것이다. 동물의 눈을 들여다보면 그의 생각에 공감하게 된다. 그 눈에서 마음의 빛이 새나오는 것이 느껴지기 때문이다. 아무런 감정도 없는 기계가 아닌 생명체의 마음 말이다.

인간은 자신이 진화의 정점이라는 착각 속에서 오랜 세월을 살아왔다. 그러나 진화란 1등부터 꼴찌까지 등수 매기는 직선 모양보다는, 여러 방향으로 뻗는 나뭇가지에 가깝지 않을까. 진화란 환경에 맞게 다양하게 적응하고 변화해온 결과일 뿐이다. 굳이 인간의 기준으로 우열을 매길 필요는 없다.

모든 생물은 같은 마음의 바탕을 가진 지구의 아이들이다.

어린 엄마

길고양이 '잎새'는 작고 조용한 암고양이다. 길을 헤매다 어느 마음씨 좋은 분의 눈에 띄어 보살핌을 받았다. 집으로 온 잎새는 이상하리만치 잠만 잤다. 점점 배가 불러오는 것을 보고서야 잎새가 길에서 임신을 했다는 것을 알았다. 차가운 길에서 고생 많았던 잎새는 따뜻한 집에서 무사히 아기들을 낳았다. 작고 약한 어린 어미가 무사히 새끼를 낳은 것이 얼마나 다행인지.

모든 생명은 이 세계 속의 여행자다. 거친 황야를 홀로 건너는 여행자다. 세상
속 수많은 작은 여행자들에게 잠깐이라도 쉬어갈 안식처가 있기를 바란다.
거대한 영원의 나무 아래 지친 몸을 누일 수 있기를.

꽃들에게 희망을

코리안 숏헤어라 불리는 토종 고양이는 어디서나 볼 수 있는 평범한 모습이 친근하다. 그런데 가만히 보면 그 평범한 고양이 하나하나가 모습이 모두 달라 오히려 특별하다. 길섶에 흔하게 피어난 이름없는 꽃들도 잘 살펴보면 무한히 다양한 모습을 보여주는 것처럼.

그래서인지 길고양이에게는 이름 없이 피어난 작은 들꽃의 모습이 겹쳐진다. 거친 세상 속 피어난 들꽃 같은 작은 고양이에게 예쁜 목걸이로 단장해주고 싶다. 그리고 세상 속 무수한 작은 생명들을 위해 기도한다.

꽃들에게 희망을.

꽃은 피고 지네

산골은 늦은 봄까지 추위가 길어 4월에도 폭설이 내린다. 아직은 싸늘한 봄, 뒤
뜰에 새끼 도롱뇽이 바깥으로 나왔다. 투명한 갈색 몸에 긴 꼬리와 네 발이 달
렸다. 조심스럽게 들어 흙과 낙엽이 쌓인 아늑한 곳에 놓아주니 냉큼 기어들어
간다. 계절은 봄이지만 아직 겨울 심술이 남아 있는 날씨다. 봉오리는 틔웠으나
늦은 추위에 놀란 어린 꽃처럼 귀엽다.

모든 생명은 꽃이다. 씨앗에서 줄기와 잎이 자라 꽃을 피우고, 다시 씨앗을 남기고 시들어 죽는다. 죽은 꽃과 이파리는 흙으로 돌아가 떨어진 씨앗과 함께 순환한다. 꽃은 그렇게 피고 진다.

물의 꽃

계절의 변화는 어느 곳에서나 느낄 수 있다. 그러나 사계절을 제대로 느낀 것은 대관령에서다. 이곳에서의 1년이 지난 날 경험한 모든 계절을 합한 것보다도 생생하다. 계절에 맞춰 살고 죽는 식물의 모습을 늘 가까이서 보기 때문이다.

그렇게 반복되는 생명의 순환—
그 자체가 자연이라는 것을 절감한다.
풀 한 포기 자라나 작은 봉오리를 틔운다. 해와 바람, 비를 맞아 예쁜 꽃을 피우면 곧 씨를 남기고 꽃은 시든다. 한때 싱싱했던 꽃잎에 깃든 물의 기운이 하늘로 땅으로 흩어지는 것이다. 또 다른 생명의 물이 되기 위해서다. 삶과 죽음의 순환을 작은 고양이 한 마리가 담담히 바라본다. 푸르른 물빛의 꽃 한 송이를 들고서.

여름 숲

엉겅퀴는 내가 가장 좋아하는 들꽃이다. 갈퀴처럼 뾰족하고 복잡한 모양의 이 파리가 조금 무섭긴 하지만, 보랏빛 꽃송이는 분명 신비스러운 매력이 있다.

그 독특한 모양 때문인지 엉겅퀴는 마법사의 풀 같다. 잠자는 숲 속의 공주를 지키던 가시덤불 숲이 그렇듯, 엉겅퀴 잎에도 뾰족한 가시가 많아 찔리면 굉장히 아프다.

여름 새벽 숲길을 걷다보면, 그런 신비로운 모습의 커다란 엉겅퀴가 싱싱한 이 파리마다 이슬을 얹고 여기저기 서 있는 것을 본다. 그럴 때면 꼭 마법사의 숲에 들어온 것만 같다. 엉겅퀴 꽃관을 쓴 고양이 마법사가 홀연히 나타나, 말없이 마술의 물약을 내게 건네줄 것만 같다.

2011.8.3. mariecat.

생명의 대화

나는 주로 작약과 모란 같은, 꽃잎이 크고 풍성한 분홍 꽃을 즐겨
그린다. 그러나 가끔은 그림에 맞게 극락조화를 그려 넣어 열대의
활기를 표현하기도 한다. 그러자니 꽃이 마치 새를 연상시키기도
하고, 새들이 고개 숙여 고양이와 대화를 나누는 풍경이 그려지기
도 한다. 꽃과 새와 고양이 모두가 생명 넘치는 여름의 낙원 속에
있는 것이다.

늦가을

안녕, 우리는 떠난단다, 바다 건너로
남은 가을을 마저 챙겨 어깨에 메고
다음 번 만날 때까지 우리를 기억해.

겨울의 초상

대관령의 겨울은 길고 혹독하다. 눈폭풍이 몰아치는 날은 세찬 눈발과 무시무시한 바람 소리로 창문들이 들썩거린다. 그렇게 일기가 사나운 날이면 나는 상상한다. 멀리 서쪽의 높은 봉우리에 사는 얼음의 고양이 왕이 맹렬히 소리치는 것이라고. 포근히 싸락눈이 내리는 날이면, 고양이 왕이 골골 소리를 내며 잠들어 있는 것이라고. 그리고 하늘이 맑은 날이면, 고양이 왕이 푸른 크리스털 눈동자로 산 아래의 영토를 만족스레 내려다보고 있기 때문이라고.

차갑고 맹렬한 겨울을 다스리는
무서운 얼음의 고양이 왕.
어린 시절에는 이런 모습이 아니었을까?
반짝이는 눈과 서리의 보석관을 쓰고,
겨울의 생명들을 지키는 푸른 눈의 어린 공주.

겨울은 길고 혹독하다.
맹렬히 소리치는 고양이 왕이 서쪽 봉우리에서
푸른 크리스털 눈동자로 산 아래를
내려다보고 있다.

약속

세 마리 푸른 새가 겨울의 꽃을 어린 고양이에게 경건하게 전해준다. 계절의 순환을 약속하는 징표다. 숲 속의 동물들도 이 약속의 순간을 조용히 지켜본다. 땅에 남은 마지막 열기가 잠들면 숲은 겨울의 지배를 받게 될 것이다.

계절은 '약속'이다.

지구의 생물들은 계절의 순환이라는 약속 아래에 살아왔다. 태어나고 성장하고, 자손을 남기고 죽음을 맞고… 이 생명의 역사는 씨실과 날실처럼 촘촘하게 거대한 생태계를 이루어왔다. 그것은 무한히 다채로운 무늬를 가진 아름다운 비단이 계속 짜 내려가는 것처럼 보이기도 한다. 그런데 긴 세월 지켜왔던 계절의 약속이 무너지고 있다. 뜨거워지는 지구, 녹아내리는 빙하와 난폭해지는 바다, 수많은 생물의 죽음… 어째서 인간은 이렇게 파괴적으로 살아가는 것일까.

다른 듯 같은

완전히 다른 종의 동물들이 희한하게 닮아 있다. 고양이와 부엉이가 그렇다. 노랗고 동그란 눈동자와 복슬복슬한 털에 얼룩무늬까지도 닮았다. 어린 소쩍새들 사이에서 옴짝달싹 못하는 고양이가 전혀 어색하지 않다. 오글거리는 소쩍새들이 부산을 떨어대도, 머리 위 잠든 아기 새가 떨어질까 꼼짝 못하고 있는 고양이는 새들과 한가족 같다. 다른 듯 같은 여럿이 하나가 되는, 가족의 탄생이란 이런 모습일까?

어린이 마음

어린 동물은 특유의 활력이 있어 좋다.

저 혼자 놀다가 눈이라도 마주치면 땡그란 눈으로 눈빛을 보낸다.

"놀아줄거야?"

그 모습은 사람이나 동물이나 똑같다.

새싹처럼 활기 넘치는 어린이 마음이 동그란 두 눈 속에 담겨 있다.

촌스러운 풍경

종일 마당에서 놀다 부뚜막에 올라와
남은 온기를 함께 나누는 모습이 다정하다.
매서운 추위를 피해 부엌에 모인
꾀죄죄한 작은 동물들….
촌스럽고 사랑스럽다.

나는 촌스럽다는 말이 좋다.

내가 도시를 떠난 이유는 화석 연료에 중독된 도시 생활이 괴로웠기 때문이다. 대관령 산골로 이사 온 뒤, 눈이 오나 비가 오나 미련할 정도로 걸어다녔다. 자전거가 생긴 뒤에는 산길을 신나게 내달렸다. 머리 위에서 매가 나를 내려다보며 함께 날기도 하고, 길가 수풀 속에 고라니가 샐쭉 내다보기도 했다. 운전을 하지 않으니 비 오는 날 길 위로 올라오는 개구리를 밟아 죽일 위험도 없다. 한 친구는 내게 21세기에 산다고 말하지 말라며 웃는다.

맞다. 조금은 촌스러운 감성이 내 뿌리일지 모르니.

움직이니까 동물이다

지난 겨울 구제역이 온 나라를 휩쓸 때 마을에는 긴장감이 돌았다. 다행히 마을의 소들은 대량 살처분되지 않았지만 오가며 보는 농장 소들의 모습이 뭐라 말할 수 없이 안쓰러워 참 괴롭다.

소는 똑똑하고 예민한 동물이다. 그런데 자기 배설물이 가득한 좁은 축사에 갇혀 스트레스를 받으며 살다보니 면역력이 약해져 한번 병이 돌면 집단 감염과 죽음에 이르는 것이다.

소뿐만이 아니다. 평생을 짧은 끈에 묶여 사는 개나 고양이, 비좁은 케이지에 갇혀 알만 낳다 죽는 닭, 지옥 같은 환경에서 사육되다 모피를 위해 잔인하게 희생되는 밍크나 여우. 움직이니까 동물인데 그들은 움직일 수 없다. 동물인데 뭐 어떠냐는 반응은 무심하다 못해 야만적이다.

나는 가끔 이웃의 개를 산책시켜준다. 그 개는 1미터 남짓한 끈에 묶여 한 번도 산책을 하지 못했다. 훈련이 안 된데다 힘이 워낙 세, 산책을 시킨다기보다 내가 개에게 끌려 전력질주를 하는 꼴이다. 그렇게 동네로 산으로 미친듯이 끌려 다니다 보면 그야말로 만신창이가 되어 나가떨어지지만, 행복해하는 개를 보면 정말 기분이 좋다. 처음으로 신나게 달려보고, 수풀을 헤치며 여러 냄새도 맡아보고, 열심히 따라 달리는 새끼와 장난도 치며, 개가 비로소 살아 있음을 느끼는 것 같았다. 대단한 은혜를 베푸는 것도 아니고, 잠시 시간을 내어 함께 달려주는 것 뿐인데 말이다.

모든 동물에게 자유로운 삶을 줄 수는 없다. 그래서 언제나 안쓰러운 마음은 어쩔 수 없다. 내가 줄 수 있는 선물이 함께 달려주는 거라면, 어떤 동물에게든 시간을 내어 함께 달리고 싶다.

0 5

Traveler between Two Worlds

두 세계의 여행자

거울 속 세계

거울 밖 고양이가 거울 안을 바라본다.

예쁜 왕관을 쓴 근사한 거울 속 제 모습이 썩 마음에 드는 모양이다.

동그란 두 눈을 뗄 줄을 모른다.

이 녀석에겐 거울이 꿈의 세계를 보여주는 작은 통로다.

불가능한 순간

도화지 표면에서 일어나
살아 움직이는 아름다운 환상.
현실과 환상의 경계가 흐릿해지는 순간의
불가능한 풍경—
그 순간을 종이 위에 붙잡고 싶다.
내게 그림이란 그런 의미다.

깨어나다

밤빛이 남은 먼 하늘에 태양이 밝아온다.

새 날의 햇살을 받아 깨어나는 작은 새들.

차가운 고목 위에 굳어진 몸에, 새 아침의 태양이

생명의 숨을 틔워준다. 죽은 것과 산 것,

현실과 비현실의 경계는 그림 속 세계에서는 무의미하다.

굳어진 마음에 상상력의 햇살이 비칠 때,

그 경계는 허물어지고 환상의 풍경이 종이 위에 펼쳐진다.

죽은 나무에서 살아나 날아오르는 새처럼

잠들어 있던 영감이 힘차게 솟아오른다.

꿈꾸는 아침

방 안이 밝고 따스한 빛으로 가득하다.

그 분위기를 느끼고 싶은 듯 그림 속 고양이가 액자 밖으로 살짝 발을 내민다.

넘을 수 없을 것 같은 선을 넘어
내가 꿈꾸는 환상이 살아나와 움직여주기를.

겨울 속의 봄

사방이 눈으로 덮힌 한겨울 속에 화창한 봄의 풍경이 있다.
길고 혹독한 추위를 견디며 따뜻한 계절을 기다리는 마음이
봄을 불러온 것일까?

비밀의 정원

전등의 나비들도
생명의 공기 속에서 날갯짓을 시작한다.
두 고양이만이
이 은밀한 기적의 목격자다.

꿈속의 마주침

그리운 이를 보지 못할 때 우리는 꿈속에서 그 얼굴을 찾는다. 떠나간 사람이나 무지개 다리를 건넌 반려동물들을 꿈에서라도 만나기를 바라게 된다. 꿈이 그저 꿈이 아니라, 꿈속에서 내가 너를 볼 때, 너도 나를 보는 것이라면 얼마나 좋을까. 그리웠던 손을 잡고 그 목소리를 들을 수 있다면 미처 전하지 못한 말을 할 수 있을 텐데.

잠든 두 고양이들도 먼 곳의 친구를 그리는가보다. 저 멀리 꿈처럼 펼쳐진 풍경 속에 작은 고양이 한 마리가 이쪽을 보고 있다. 둘의 그리운 마음이 꿈을 통해 친구에게 가 닿은 것인지도 모르겠다.

mariecat. 2005. 7. 7

어디서 왔니

처음 보았지만 저어하는 기색 없는 고양이는

낯선 방문자가 싫지 않다.

새들도 어느새 다가와 조용히 손님을 올려다본다.

그림자를 드리운 낯선 손님은 어떤 이야기를 들려주려는 것일까?

낯선 여행자

이스탄불만큼 다채로운 매력의 도시가 또 있을까?

화려한 아야소피아 성당과 모스크, 온 도시에 가득한 양탄자와 도자기, 놀라운 보석들로 별천지에 온 기분이다. 수변에 줄지어 선 모스크들이 찬란하게 빛나는 이스탄불의 밤 풍경은 아라비안 나이트의 한 장면 같다. 한 마리 고양이가 되어 낯선 곳을 헤매다 무심히 모퉁이를 돌았을 때 마법의 단지가 가득한 가게가 나타날 것만 같은 두근거림….

그것은 낯설고 신기한 환상의 나라에 발을 내디딘 듯한 설렘이다.

그곳에 네가 있었지

마음속 환상의 나라를 헤매다 보면, 이 낯선 곳에서 친숙한 누군가를 만날 것 같다. 저녁 무렵, 어느 모퉁이 건물 2층 난간에 가만히 앉아 나를 보고 있는 누군가를 찾게 될 것만 같다. 처음 보는 얼굴이지만 왠지 익숙하고 다정한 눈빛. 간간히 꽃잎만이 바람결에 흩날릴 뿐 시간이 멈춘 듯 고요한 어느 저녁에, 너는 거기에서 조용히 나를 기다리고 있었던 거니?

먼 곳으로부터의 초대

마음속에 아득하게 긴 새소리가 울려 퍼질 때가 있다. 새벽 동트는 하늘 저 멀리서부터 나를 부르는 듯한 높고 긴 울음 소리. 어느새 힘차게 퍼덕이는 날갯짓 소리가 가까워오고, 붉은 가슴을 가진 신기한 파랑새들이 내 방 창가에 앉아 나를 부른다. 저 먼 곳으로부터의 초대를 전하며, 어서 함께 가자고 말한다.

영감을 찾아 떠나는 마음의 여행에 함께 가자고.

06

To the Forest I go

나는 숲으로 간다

나의 집은 어디에

나는 집으로 간다.

청록빛으로 흔들리는 차가운 공기 속에서

수많은 속삭임이 부르지만

차가운 벌판을 건너 끝없는 길을 간다.

집으로 간다. 나는 집으로 간다.

머나먼 탑

저 탑에 가본 적 있니?
숲의 바다 한가운데
바람에 흔들리는 숲의 노래가 들리는 저곳.

199

숲의 아이들

우리는 밤의 영혼, 숲의 아이들.
혹시 마음속의 거울로 우리를 본 적 있니?

하늘 위의 집

종종 세찬 바람을 타고 하늘 위로 오르는 꿈을 꾼다.
새들을 따라 구름의 길을 한참 날다 보면
붉은빛의 장미 사암으로 지어진 성이 떠 있곤 한다.
하늘은 영감이 솟아오르는 그리운 집이다.

머나먼 곳을 헤매다

그림은 마음속 모험이다. 그 모험에서 나는 늘 낯설고 신비로운 장소를 찾아 헤맨다. 깊은 숲이나 겨울의 벌판, 자욱한 안개가 가득한 높은 산 위까지… 그렇게 낯선 곳을 헤매다 보면, 안개를 헤치고 홀연히 나타난 거대한 산양과 마주치듯 예상치 못한 영감이 떠오를 것만 같다.

라푼젤

하얀 달, 푸른 새, 붉은 탑.
꼭대기 창가에 눈먼 꿈.

나는, 나는 인생을 몰라.

여자에게는 누구나 '예쁜 방'의 꿈이 있다. 장식품과 가구들이 잘 갖춰진 작은
탑 꼭대기 방은 소녀의 꿈이 머무는 공간이다. 이곳에서 어린 고양이 라푼젤은
탑 아래의 세상일에는 마음 두지 않고 예쁜 새하고만 이야기한다. 이 작은 공간
이 세상의 전부인 것처럼 말이다.

동화 속 라푼젤은 왕자의 방문으로, 마녀가 내린 고난을 겪으며 탑 밖의 세상으
로 나와 어른이 되었다. 그렇다면 하얀 달과 푸른 새를 좋아하는 고양이 라푼젤
은 어떻게 어른이 될까?

깊은 숲을 꿈꾸며

고양이 라푼젤은, 스스로 마법사가 되기로 결심한 모양이다. 숲의 오래된 탑에 머물며 산새들이 물어다주는 마법의 보석을 모으고 있다. 많은 신데렐라 테마 의 동화에서 산새는 마법의 세계와 일상, 또는 자연계와 인간계를 자유로이 오 가며 주인공을 돕는 존재다.

〈콩쥐팥쥐〉에서도 계모가 찧어놓으라 시킨 곡식을 수백 마리 새들이 날아와 쪼 아주고 간다. 어둠 속에서 반짝이는 보석을 물어다주는 산새들 덕분에, 어린 고 양이 라푼젤은 마법의 숲에서 어른으로 자라나고 있다.

To the Forest I go

숲으로 오다

나는 영원한 숲이다.
밤바람에 흔들리는 나무들의 소리가
아득한 옛 노래처럼 울려 퍼지는 곳.
나는 숲이 꾸는 끝없는 꿈이다.

나는 정말 숲으로 왔다.
대관령의 깊은 산골로 고양이들을 데리고 왔다.

진짜 숲을 찾아,

그 속에서 살아 움직이는 동물의 눈빛을 찾아 온 이곳에서

기나긴 마음의 여정이

새로운 방향으로 나가려는 것을 느끼고 있다.

빛을 밝히다

잠자는 숲 속의 공주는 정말로 숲 속에서 잠만 자야 했을까?

자신의 운명에 내려진 저주의 마법을 이겨낼 수는 없었을까?

왕자가 가시덤불을 뚫고 깨워주기 전에는

결코 일어날 수 없는 공주는 슬프다.

그러나 가시덤불로 뒤덮힌 성 안에서

공주는 아무도 모르게 깨어 있었을지 모른다.

겉보기엔 아무런 일도 일어나지 않는 어두운 숲 속에서

공주는 자신만의 빛을 모으고 있던 것인지 모른다.

마녀의 저주에 지지 않기 위해서 말이다.

누군가의 삶이, 드러나는 성공이나 변화 없이 정체되어 보이는 때가 있다.

아무 일도 일어나지 않는 어두운 가시덤불 숲처럼.

그 모습만 보고 실패한 삶이라고 규정하기도 한다.

그러나 아무에게도 보이지 않는 곳에서 노력하는 사람도 분명히 있다.

지금은 빛나지 않지만

오늘도 어둠 속에서 자신의 빛을 밝히고 있는,

이 세상 많은 '안 자는 숲 속의 공주'들에게 작은 응원을 보낸다.

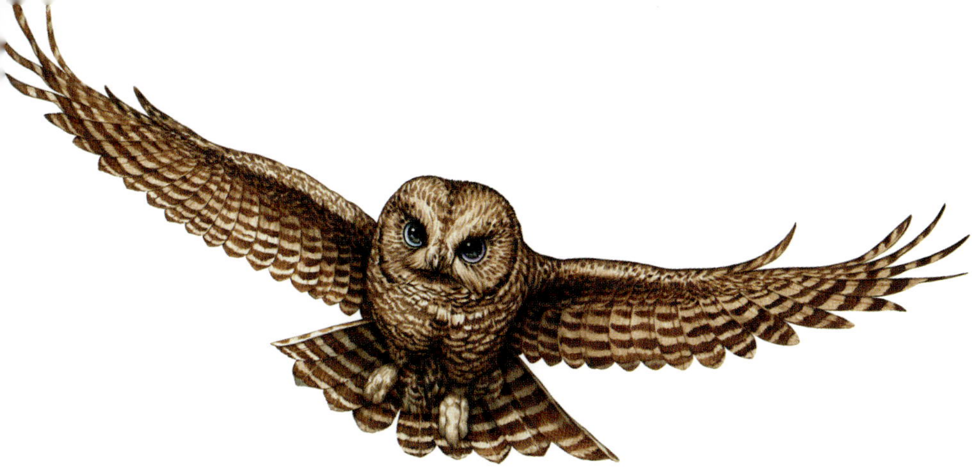

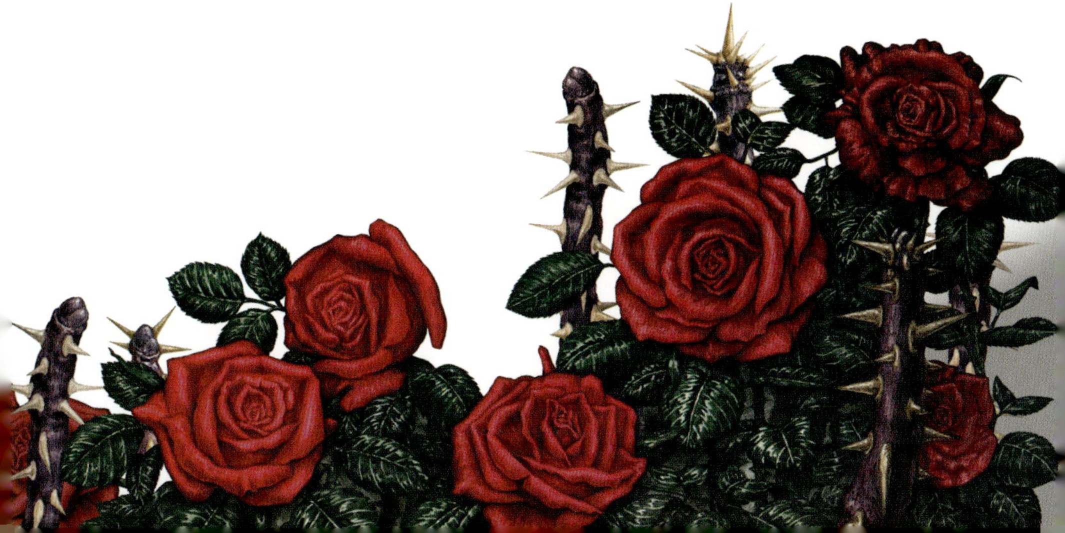

Index

02
다정한 장난꾸러기
Naughty but Friendly

Gimme a Hug(2004)

5 9

하룻고양이(2010)

6 1

선물(2004)

6 3

Hi, there(2009)

6 4

지켜보고 있다(2004)

6 7

취미생활(2004)

6 8

Mine!(2004)

7 1

묘작도 앞에서(2003)

7 2

summer paradise(2005)

7 5

현행범(2004)

7 6

설마 보고 있었어?(2005)

7 8

책상 위 풍경(2004)

8 1

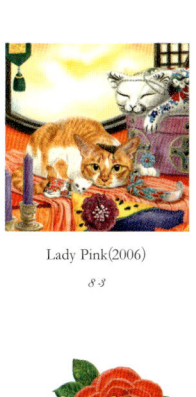

Lady Pink(2006)

83

Apple garden(2005)

85

Oops! I did it again.(2004)

88

이게 아닌데…(2010)

91

Camellia boy(2009)

92

03
고양이 나라
Cat Land Fantasy

보리의 모험−전설의 딸기를
찾아서(2011)

97

Rose Family(2003)

100

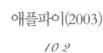

애플파이(2003)

102

전하…!(2010)

104

저…손님!(2003)

106

Kitty market(2003)

110

227

Kitty bakery(2004)

113

고양이 떡방(2010)

114

지구를 찜쪄먹어라!(2004)

117

전설의 감자를 찾아서(2011)

119

I belong here,
my Red castle city(2005)

120

In my city(2006)

123

My red castle city(2009)

125

04
지구의 아이들
Kids on Earth

Waterflower kitty(2005)

128

Life grows under the tree of
eternity(2005)

133

Blooming(2006)

138

물의 꽃(2005)

141

05
두 세계의 여행자
Traveler between Two Worlds

Girls in violet(2004)

170

Animated(2005)

173

It's time to open(2005)

174

Animated(2006)

176

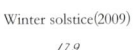

Winter solstice(2009)

179

Butterfly garden(2005)

180

In dreams(2005)

183

Where are you from?(2006)

184

가을 사색(2006)

186

Just passing by(2006)

189

You were there(2006)

190

꿈꾸는 하늘(2005)

193

고양이 여행자

초판 1쇄 인쇄 2011년 12월 7일
초판 1쇄 발행 2011년 12월 14일

지은이 마리캣
펴낸이 이정희
디자인 마리캣, 조성미
제작 하나피엔에스

펴낸곳 미디어샘
출판등록 2009년 11월 11일 제311-2009-33호
주소 122-802 서울시 은평구 갈현2동 268-14 부성 302
대표전화 02)355-3922 | 팩스 02)6499-3922
전자우편 mdsam@naver.com
블로그 http://mdsam.net

ISBN 978-89-963988-1-3 03810